KB261139

수평선에
입맞추다

수평선에
입맞추다

국립중앙도서관 출판시도서목록(CIP)

(이동백 시집)수평선에 입맞추다 / 이동백 지음. — 파주 : 문학
동네, 2004
  p. ;   cm

ISBN 89-8281-835-9 02810 : ₩7000

811.6-KDC4
895.715-DDC21   CIP2004001402

수평선에 입 맞추다

이동백 시집

문학동네

自序

적막이 가져다준 편안함을 오래 누렸다

자폐로 기울어지며 입 속에서 자라나던 가시 같은 언어들

한바탕 회오리바람 덕분에 세상에 내어놓게 되었다

철편이 되어 돌아온들 어쩌랴

부패를 넘나드는 일말의 향기쯤 기다려보며

나를 똑바로 보아준 이들에게 첫 시집을 바친다

차례

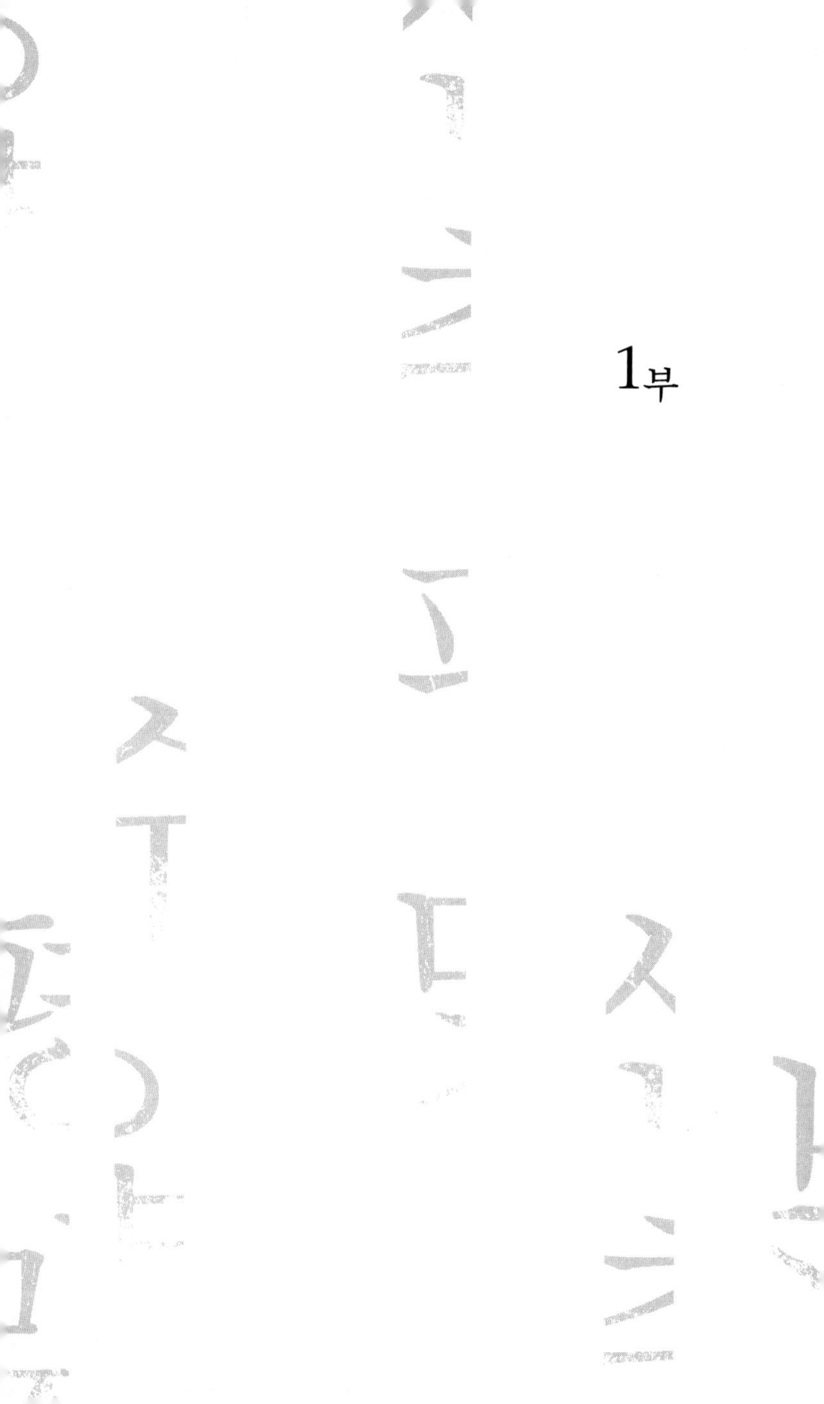

1부

耳鳴 속의 해일

머언 바다에 닿으리

누우면
온몸에서 잔물결이
모기 소리 떼처럼 일어선다
그러나 나는
수평선을 꿈꾸며 쓰러진 나무

눈감으면
수천의 매미떼들이
수피처럼 달라붙는다
그 소리를 들어보았니?

가부좌 틀고 앉으니
옥에 갇힌 몸
내 이제 바위가 되리
몇 구절 되뇌이지만

남몰래 훔친 經 몇 장으로
비겁한 생이 가려지겠느냐

내 기억의 숲속으로 해일이 밀려든다
집채만한 파도들이 수없이 쓰러진다
어디선가 나를 부르는 비파의 선율,
그렇다
어딘선가 나를 부르는 소리가 있다

나는 먼 바다에 가 닿으리

하이에나

지쳐 꿈도 오지 않을 때
하이에나가 온다
쓸데없이 막니가 돋아나고
머리를 낮추고
네 발로 선다
깜깜한 콘크리트숲
아무나 물어뜯고 싶다

한 마리 짐승이 나를 노려보고 있다

저물녘

늙은 굴참나무 키 높아
가지 끝에 서산이 걸려 있네

뿌리 쪽으로
길을 드러낸 가지

새들은 떠나거나 돌아오네

저물녘이네
자네는 모래무덤 펼쳐진 고요를 붙들고 있게

나는
어두워질수록 또렷이 드러나는
능선 위의 나뭇가지를
좀더 보아야 하네

기린

머리에 뿔같이 달린 것, 망원경이지요
멀리 내다보는 기린,
낮은 철조망 넘어가지 않습니다

망원경 목에 걸고 아프리카 왔습니다
기린을 봅니다
마음에 걸리는 것 그 무엇도 넘지 않습니다

넓게 펼쳐진 푸른 들판만 내다보고 있습니다

금호강

빗물 가득한 신발을 끌며 간다

탁류 속 목을 내민 초목들 싱싱하다

아물한 기억 저 끝까지 쏟아지는 흙탕물

경계수위를 넘어 둑을 무너뜨린다

어린 내 속으로 쿵쿵 쏟아지는 굵은 빗방울

마당을 가득 채우더니 문득 능금이 되어

사방 추락한다

사라호 태풍 속 아무도 없다

찢어지는 가지 사이 언뜻 비치는 물살

허겁지겁 능금을 건지는

아버지, 검붉은 핏방울 쓸어담는다

싯누런 강물 속 아무도 없다

예정된 제방 위

스스로 꽃으로 피어 있는 풀과 나무들 어루만지며

소용돌이치며 흘러가는 탁류를 굽어보며

뛰어본다

종아리 힘줄에 턱턱 떨어져내리는

능금을 즐겨 맞으며
어디쯤 건너야 할 강폭을 가늠하며

몽유

사스래나무 지켜보는 그늘 아래
세상으로 난 길 가득 지우며
인동초 하얀 입김 세우네
마당귀 흙의 모습으로 누운
바퀴살 감고 개머루 무덤처럼 무성하네
열린 만큼 닫혀 있는 눈 감으면
도란도란 불빛 마주 핀 마을의 노래
언뜻 들려오지만 내가 있어
닫혀 있는 쪽문 손잡이 없네
별이 영그는 지붕 아래 두릅나무 여린 입술
가시손 뻗어 다가오는 빈 집 두고
내가 있어 쓸쓸한 세상
뛰어내릴 용기 없네
고개 들면 슬픔은 노을처럼 잠시 빛날 뿐
텅 비어 가득한 집 팔을 벌리네
크고 낮은 나무 어깨 부딪쳐
돋아나는 새잎 경계 없이 새소리 피는

산그늘 속 숨소리 맡기네

근황

내 눈보다 작은 창을 바라봅니다

깜깜한 바다에 서 있는 섬

깊은 물길 속 발을 이리저리 뻗기도 하며

마음껏 사방을 휘둘러봅니다

몇몇 등불 다가설 듯 돌아가는 그곳으로

도둑고양이처럼 조심조심 발을 옮깁니다

한잠 든 백사장을 지나

내 이마 주름 같은 간만의 흔적들

눈물을 글썽이며 아직 꿈틀거리고 있는

그것들을 밟으며 나아갑니다

바위 곁에서 파닥거리는 어린 고기

물이 빠져나간 것도 모르는 듯

꿈쩍 않고 붙어 있는 굴 내 집착처럼

플래시 불빛에도 미동 않습니다

점점 다가갈수록 멀어지는 얼굴

늘상 강 건너 깜박이던 옛사랑처럼

추억마저 희미해진 몸을 이끌고

더 깊은 바다로 끝없이 달아납니다
썰물 진 무창포 힐끗힐끗 돌아보며
길을 끊으려 안간힘 쓰다
굳어가는 나의 다리
때 아닌 해풍에 금이 갑니다

비수처럼 달려올 햇살

이미 우리는 가을 깊숙이 들어서고 있다

떨구어냄으로 자신을 돌아보는

바람 앞에 서서

속죄의 빛깔들 감춤 없이 드러내보이는 산

스스로 물러섬으로 더 높아진 하늘

그렇게 비워지고 싶다

부끄러운 부분마다 끈적한

소금기 벗겨서라도

씻어내리고 싶다

돌아보면 마른 풀 한 포기 키우지 못한 캄캄한 돌밭

기관차 화부처럼 번들거리던 삽질 소리

벌써 소름이 찾아와 쉬이 허리가 쑤신다

줄을 지어 걸어오는 쌀쌀한 새벽 길의 코스모스

늘 하늘만을 향한 티 없는 깔깔거림일까

고개 끄덕이며 지나가는 냇물의 낮은 발소리

못다 삭인 욕망의 돌멩이 슬며시 내려놓는다

바라볼수록 또렷이 가을을 닮아가는 새털구름

돌멩이와 함께 씻기고 있다
이제 곧 비수처럼 달려올 햇살
맨몸으로 받아도 눈부시지 않으리
가닥가닥 소중히 다스리다보면
저기 저 언덕 너머
흰 모자 눌러쓴 겨울이
더 큰 산을 안고 성큼 다가서고 있으리

蘭 꽃피다

불쑥 찾아와 좋았다
산빛 절빛 감춰진 향내

청산 가자고 조르는 생각
모시나비처럼 파닥거린다

유리벽에 기대어 선 크다란 얼굴
실없이 웃고 있다

건너편 하늘 젖으면
먼저 비가 새는 좌심실

던져진 어둠에 기대어
눈을 감는다

허옇게 닫히는 마른 입술
문득 두드리는 바람

먼지 쌓인 이파리 뚫고
일어서는 눈물 같은 대궁

노오란 팔랑개비 돌리며 달려오는 꽃
오래 잊고 있어 좋았다

처서

잠을 깨었다

멀리 소쩍새 운다

떠나지 못한 더위를 안고

창문에 걸터앉는다

소쩍새 소쩍새 운다

바람이 인다

내가 조금씩 얇아진다

떨고 있는 내 몸, 잎새만하더니

가지 끝에 매달려 발버둥친다

소쩍새 운다

같은 가지 끝에서

조금씩

날이 샌다

새끼 꼬기

몰렸다가 풀어지는 비를 보며

사랑채에 걸터앉아 볏단을 푼다

맥없이 쓰러지는 지푸라기들

손에 집히는 대로 몇몇

걸쭉한 침 세례 주리를 튼다

팽팽 물고 물리면서 살아나는 것들

무릎 아래 챙기면서

내 손바닥에서 도망치는 것들

끝까지 따라잡아 틀고 또 튼다

빗줄기 아래 하의가 젖는다

내 건너 원두막 초가지붕 아래

비가 샌다

하수아비처럼 지켜보던 날들이 흔들린다

초록 세상 훔치러

협박하며 애원하며 꾸려온

지푸라기 또아리 튼다

입 안 가득 헛침 고인다

동백

풍어제 소라 고동 오래도록 울었다
만국기 어지러운,
달빛, 달빛, 환장할 보름 바다

파도가 뭍을 삼킨다
참대 허리 흙벽을 친다
고기떼 달빛 물어뜯는다

바닷물 속으로 달이 빠진다
굿거리장단 스란치맛살 바다 휘젓는다
소복 무리 붉은 목젖 경계를 친다

벙어리꽃 참고 있던 귀가 뚫려
터뜨리는 붉은 노래
세세연년 타오른다

저문 강

잠들고 싶다

키 큰 생각들은 넓은 바다로 보내고

가슴 밑바닥 돌이 된 찌꺼기

차곡차곡 감춘 무늬 새겨놓았다

흐름 위에 놓였어도 떠나지 못한 물길들

웅덩이진 구석구석 시름의 갈대

심어 가리더니

시름도 익으면 꽃이 된다

뒷짐 진 몇몇 봉우리 이마 맞대어 몰려와

강의 맥박을 읽기 시작하면

꿈꾸고 싶다

징검다리 건너는 아이들

그리운 소식들은 풀피리 소리 찾아

돌아온 은어 지느러미에 반짝인다

허연 수염 날리던 구름

가던 길 멈추어

느린 강의 호흡을 긋고 있다

개옻나무

돌아가자
해진 주머니 헐렁한 등허리가
바람에 응답한다
조금만 더 조금만 더 하며
놓친 길 얼마던가
벼랑 끝 몸 던질 때
비로소 제 빛깔 내는
물의 잠행
흉내내어왔지만
어느 벼랑 끝 목숨 걸었던가
겁 많은 짐승처럼
끙끙거리다 버리고 만 길,
이젠 돌아설 때다 흙의 빛깔로
내가 버린 모든 것 끌어안으면
어느 길에 굴러도 따뜻할지니
산 너머
쟁여놓은 황토빛 마음 꺼내 들면

어느 속 깊은 길인들 낯설리

개옻나무 잎사귀 토닥이며

먼 불빛 다가온다

2부

수평선에 입맞추다

꽃은 지는 꽃을 보며 지고
동박새 마주 보고 울다가
남쪽으로 귀를 세운다
나는 그냥 보고만 있다
섬과 섬 이어가다 잃어버린 이름
파도 속에 숨어 돌아오는 것을
낯선 집 기웃거리다 몰래 베낀 經
예송리 깻돌밭에 암호 남기며
모락모락 남쪽으로 떠나는 것을
서리 낀 외길 다시 맞닥뜨릴 때
내다본 창이 곧 벽임을 절감할까
질문 또한 대답인 것을
슬며시 수평선 끌어당겨 입맞추면
지는 꽃 피는 꽃
나비처럼 나풀거린다

경계의 그늘

굽은 길이 마음을 편다면

운문사 가는 길 잡겠네

가난한 물줄기들

골짝마다 떠나와

잔기침 한 번 없이 내를 이뤄 모여드네

서툰 종이학 접듯 산허리 눌러 오르면

벽에 갇힌 물줄기

피멍든 수면 이루겠네

그 위로 달이 뜨고 별이 지고

한세상 어우러지는지

막힌 길을 흐름으로, 흐름을 다시 막아

산문이 보인다면

산 아랫마을쯤 서성이겠네

밤마다 물을 거르는 체소리 열리고

떠나간 발자국 벗어놓은 모래알

달빛처럼 쌓이겠네

성(聖)도 속(俗)도 모르면서

경계의 그늘에 앉아
법고 소리에 숨을 죄겠네
굽은 마음 어디에도 눕힐 수 없다면
귀를 숙여 더부살이하겠네

타는 뻘

목발 짚은 사내 바다를 바라보고 있다

가야 할 때를 잃은 갈대 입을 닫고 서 있다

뻘을 드러낸 채 뒷걸음치는 바다

속이 활활 타는 것들은

바다 근처에서도 입이 마른다

새들의 발자국 잠깐 머물다 떠나가고

떠나지 못한 눈빛 엉켜

새김질로 삭여지는 아우성

뻘은 뻘답게 질퍽거린다

젖을수록 목이 타는 것들

뻘밭을 긴다 뻘을 삼킨다

시작도 끝도 없는 들판 작은 길이 열리고

하늘로 오르지 못한 물방울 고여 흐른다

여기저기 생겨나는 물길

뻘은 더욱 깊어지고

멀어지는 바다 바라보며

절룩이는 것들

펄럭이는 제 옷자락에 꽁꽁 묶인다

탑

저무는 바다 보며 쪼그려 앉았다

간신히 끌고 온 길 어둠 속 달아난다

부르튼 발가락 어루만지는 이 손길

먼 길 일으켜세운 파도의 첫 마음이었을까

탑이 쓰러지듯 파도 위에서 파도 무너진다

굳어버린 발이 젖는다 다리가 젖는다

나를 채우고 있던 돌멩이들 하나하나 풀어진다

허물어진 빈 집에서 만난 돌멩이들

생각 위에 생각을 붙여 빼곡히 쌓은 것들

바다 속으로 쏟아진다

파도 위에 올라선 파도 쓰러진다

빈 집들 일어선다

꽃 핀 듯 저 먼 마을의 불빛

허물어진 돌멩이들 위로 맨발 들어올린다

어렴풋이 탑 그림자 어린다

작은 섬

　잠에서 깨고 나니 버스 안이었다 흐릿한 창 너머 가끔 바다가 일어서곤 했다 산모퉁이 돌아서자 배낭을 멘 한 학생이 내렸다 자리를 옮겨 앉았다 바다를 잘 비추는 햇살 아래 다시 몰려드는 졸음 어디쯤 내릴 것인지 정할 수 없었다 잘 닦인 해안도로 미끄러지듯 버스는 돌았다 다래끼를 차고 목수건 두른 아주머니 큰 소리로 버스를 세웠다 다시 그 자리로 옮겼다 북창 밖, 산자락 이불처럼 두른 눈밭 목이 자꾸만 움츠러들었다 승객들 다 게워낸 버스 요동치기 시작했다 좌우로 흔들리는 나는 아래위로 쥐어박혔다 정신이 번쩍 들었다 내가 몰고 가는 버스 안팎 따로 없는 너털웃음 터뜨렸다 이제 곧 묻혀버릴, 얼마 남지 않은 진창길 위에서 춤추는 바다 한켠 지그시 누르고 앉아 눈웃음치는 작은 섬을 보았다

서해

떠나와서야 안다
하늘과 땅 마주 버티고 선 손 풀어
집으로 돌아가고
낯선 길은 추위 속으로 숨는다
어젯밤 꿈에서 만난 나비는
길과 서해가 만나는 경계쯤 닿고 있겠지
길은 자꾸만 달아나
시간을 놓쳐버린 쪽문 앞 서성거리던 별
물 머금고 돌아와 있다
덜컹덜컹 부딪치는 어깨뼈 너머
반짝, 빛났던 것이
바다로 묻혀 있는 지느러미였음을
지나와서야 안다
지금쯤 밀물과 살 섞고 있을까
별빛 기둥에 기대어
살풋 잠이 든다
뚝뚝 노을의 고드름 녹아내리는 백사장

아내와 아이들은 조개를 줍고
나는 잘 익은 돌 하나 골라 물수제비뜬다

환상리

기둥 부둥켜안고 술래 하던 자리
해오리 서성거린다
홀쭉한 배 채워주던 깊은 강물 소리
누굴 찾고 있나
맞은편 산기슭 무덤 새로 생기던 날
긴 소매 들어 떠나온 후
나를 부르는 소리
서쪽 하늘 질퍽했네
이제 물 밑 세상 내 집에 돌아와
마당을 비질한다
수면 위로 떠나가는 희고 검은 얼굴
물끄러미 바라볼 뿐
생전 가슴 한 번 열어본 적 없이
가만히 늙어가는 그대 껴안으면
철새들의 합창 소리,
민들레 씀바귀 질경이
밟힐수록 꽃이 되는 이야기 들린다

질곡리

마음은 벌써 산을 넘어 달리고
검은 돌멩이들 느린 발 밑 뒹구네
옷고름 들추면 이월 눈발들 풀풀 달아나
추운 지붕마다 눈을 감고
비빌 곳 없는 생각 난분분 떠도네
죽음처럼 엎드린 산
잘못 든 길은 물길 밖 버들치
등 후려치며 바둥거리네
겨울 내내 눈꽃 한 송이 묶지 못한
마음의 가지 그 위에 떨고 있네
길은 하나인데 피는 눈 지는 눈
흙먼지 피는 나를 돌아보네

과녁

함박꽃등 아래 늦은 몸
급하게 이정표 스친다 심우당 9km
처음 뱉은 내 마음처럼 촉은 닳아 뭉툭,
화살은 꼬리만 남은 채 떨고 있다

양철판처럼 쉽게 녹이 스는 하늘
야호! 소리를 허기진 시위에다 끼워 날려본다
꿩! 꿩! 가로채는 장끼 한 놈
성한 하늘마저 물고 달아난다

눈을 감고 들여다본
어둠 저 너머
수없이 빗나간 나의 화살들
산을 이루고 있다

시나브로 화살촉 같은 별이 뜬다
누가 나를 이 언덕에 날려보냈는가

노려보는

저 껌껌한 눈빛!

새

가까스로 추슬러 온 길

희미한데

샛바람 불고 가는 비 옵니다

영양군 입암면

혹은 수비면

북으로 난 반투명 유리창 열고 내다봅니다

뒤돌아보지 않는 길

저 혼자 산을 넘어가고

논두렁 달리는 마음

자꾸 헛디디는데

어느 새벽

소리없이 빠져나간 이불처럼

구름 버려두고

숨은 곳 어디쯤인지

때 이른 등불 흔들립니다

울컥 창을 무너뜨리고

밀려오는 산등성이

눈 속에 첩첩 박히더니
맨 마지막 엷은 눈썹 같은 슬픔 하나
날개를 파닥입니다

율지

길을 넘보며 물수제비뜬다
이별과 만남 휘이휘이 돌아나와
거친 들 적시는지
밑바닥 핥으며 살아가는 강
어깨 平平,
자맥질하던 해오라기 돌아가고
닿은 곳마다 마음이 깊어
모래톱과 주고받는 이야기 끝이 없다
종일 귀 기울여도 한마디 읽지 못해
저녁이면 쑤셔오는,
어디 닿을 데 없는
내 손바닥의 가는 길
다시 갈라서고
율지, 저도 답답한지
자꾸 뒤돌아보며 저문다

화왕산성에서

해마다 寒露 찾아오면

약속이나 한 듯 모여든다

소년이 자라 아기를 업고

세월 굽어 지팡이 짚고

꾸역꾸역 되새김질하다보면

길 아닌 것도 다가와

풀물든 소매 끝 비껴선다

산정에는 기쁨과 슬픔 쉽게 엉기어

구름 걸리거나 안개가

눈물고개 삼키고 나면

젖은 억새가 되어 휘적휘적

성터를 돌고 있는 무리

화왕은 억새를 풀어 불구멍 속으로 감추는데

저마다 버려야 할 화염 있어

허옇게 타오른다

바람의 집

산은 산을 불러 떠나려 하고
하늘 가린 나무 아래 길은 없네
목마른 이야기 들리는 듯 찾아온 물소리
멀어질 듯 따라가면
갈대밭 너머 낯선 집 숨죽이고 있네
입바른 양철조각지붕 기우며 투덜거리고
적막이 떠나간 흙벽, 벌떼 들락거리네
산 너머 꽃이 있어 잉잉거리던
바람의 세월 여기서 주춤거리네
앉은 자리마다 성문이 열리고
날갯짓 세운 길 위엔 잔솔 새순 돋네
샘물 다시 보면 소금쟁이
제 그림자 부둥켜안고 구름인 듯 미끄러지네

벌이거나 소금쟁이거나
뿌리 없이 떠도는 마음의 길
산 너머 첩첩 산 고쳐 앉으면

울타리에 기대어

붉은 꽃 지고 있네

겨울숲에 돌아오다

바람개비처럼 돌아가던 이파리들

땅 위에 드러눕고

가지는 더이상 자라지 않는다

야윈 몸뚱어리 가만 껴안으니

떨리는 우듬지

살얼음 낀 하늘에 무언가

썼다 지우고 다시 쓴다

우듬지 끝에서 생겨나는 이름,

가는 바람에 미끄러진다

숲 끄트머리쯤 흩어지는 글자

모음은 산을 그리거나 구름 위에 얹히고

나뭇가지에 걸리는 자음들

둥근 받침 하나 굴러떨어져 냇물 속으로 숨는다

겨울숲 한가운데 서 있으면

조금씩 가벼워지는 몸뚱어리

우듬지 끝에서 길을 잃곤 하던 나의 의문은

구름, 냇물 위에서 잠시 풀리고 있다

3부

뒤란의 길

명부전 지나 뒤란 돌아가면

작은 연못 있네 한나절 걸어온 길

첩첩 낙엽 더미 속

무언가 죽음 같은 것이 숨었다 일어서고

눈 덮인 청룡산이 비슬산에 업혀 떠나가네

가만 들여다보면 나는 없고

벌거벗은 굴참나무 버티고 서 있네

나는, 내내 만지작거리던 돌멩이를

생의 의문부호처럼 던져보네

물 무늬에 취해 춤추는 얼굴

다슬기 기지개 켜네

물고기 잠든 법당 지나니

다시 뒤란이네

비운 것들로 가득 찬 연못 한가운데

다슬기 작은 쉼표 그리네

가만가만 들여다보니

다시 또 뒤란이네

제 몸의 단추를 꼬옥 채우는 다슬기
뒤란의 기슭이
해답처럼 내 발길, 가로막네

青山圖

길은 무덤에서 끝나 있다 집을 떠난 새들이 바람 속에
길 없는 길을 물을 때 물오리나무에서 죽비 소리가 쏟아
진다 늙은 상수리나무 손가락 사이로 얼핏 보이는 강물
세상에서 미처 이름을 얻지 못하고 내 속에서 흩어진 글
자들 답답한 듯 돌아눕는다 물소리가 깊어지는 밤이면
산이 가끔 내려와 못다 푼 수수께끼를 푼다 이제 그만
내려가라고 몸을 턴다 산도 강도 오래 누우면 따스한 무
덤이라고 나는 바람 속에 집을 세우고 돌아눕는다

불길

극락전 숨어들어 수미단 엿보네

백화 만발한 수미단 꽃밭 아래

팽개쳐진 해골 나의 숨길 가로막네

흙이 되어 물이 되어

떠나도 버리지 못한 인연들 들쳐업고

내 머리를 후려치네

산자락 엎치락뒤치락,

재울 수 없는 불길

빈 물병 들고 떠도네

요사채 마루에 빤질한 목탁 한 벌

마루 아래 산빛 절빛 핥으며 누렁이

웃는 듯 마는 듯

보이는 것 모두 눈이 부시어

비질 고운 마당 내려설 자리 없네

어라연

길이란 길 죄다 얼어붙어 그대에게 끊었던가

진눈깨비 오래도록 나를 위해 내렸던가

철없는 세상 잠들면 눈은 다시 내리고

동강 맑은 물 흐르는 술병 속 밤새 뒤척인다

젖은 신발끈 풀린 어느 바람 매운 날

가랑잎처럼 쓸리다 다시 만날까

세상의 모든 길 죄다 녹아 발걸음 글썽인다

수나의 고무신

하늘에 뜻을 심은 높은 울타리
낯선 구름 지키고 선 불이문을 맴돌았습니다
여기 숨어들었다는 수나를 찾아
밤을 기다려
선방 그늘 따라
도둑고양이 발소리 지우며
앞마당에 두꺼비처럼 엎드렸습니다
섬돌 위엔 가지런히 잠든 고무신 한 켤레
십오문 반의 수나 고무신
섬돌 가득 흘러내리는 달빛 달빛
마당을 적시고 내 가슴에도 스며드는
탱자나무 가시눈 같은, 그리운 수나의 눈빛
온몸 깊숙이 짙푸른 문신을 뜨고
한 뜸 한 뜸 배어나는 빨간 눈물
구도의 걸레질 반질반질 윤이 나는 마루 너머
문풍지 흔드는 냇물
뒷문으로 달아나는 그림자

범종이 부르면
빨간 핏물든 고무신 몇 날이고 남몰래 씻어 말려
깜깜한 그믐밤에도
달빛을 가득 채우는 수나
구름 깔린 산문 밖
내 가슴에 다시 도는 빨간 피

해후

오밤중 따르는 술잔 속에 섬이 떠오른다

끝없이 비워내도 섬은 살아 있다

체머리 흔들며 도망쳐보지만

뺨을 때리는 파도 소리에 발목이 묶인다

술잔 속으로 머리를 처박는다

세상이 조용해지고 가끔씩 흔들리는 나의 밤

오랜만에 만난 섬과 섬 마주 보며 웃는다

연화봉에서 저물다

지친 무릎 꺾어 앉으니 이미 어둡다

다잡고 올라온 길 깜깜하게 꼬리 감춘다

저 별빛! 뭐라 하는가

뭉뚝, 끝난 산봉우리

그 끝에 무릎 껴안고 오래 웅크린다

이 바위, 한 덩이 적막이 차다

종소리

종소리 찬비 뿌리고 돌아간다

간신히 끌고 온 불연속 무늬들

묵직한 서까래에 부딪혀서 무너진다

붉은 해 멱 감는 강 어디쯤 흐르는가

때 묻은 머리 사타구니에 파묻어

둥글게 몸을 만들어보지만

고동 소리는 없다

밤새도록 등짝 후려치던 골바람 잠잠하더니

난데없는 딱다구리

내 머리통 뚫는다

날카로운 부리 속으로 빨려들어가는

주인 잃은 動詞

나는 더이상 꼼짝할 수 없다

심심찮게 이마를 수놓던 열꽃들 떠나는지

꼭꼭 숨어 있던 물소리 몰려든다

놀란 빙어떼 튀어오른다

학소대

　운문산 깊은 골 눈 쌓인 내를 건너다 길을 놓쳤습니다 자주 친하던 갈참나무도 등을 돌립니다 바람 소리조차 없었습니다 깜깜한 어둠 속에 바위를 더듬어나가다가 허방에 빠졌습니다 낮은 포복으로 허겁지겁 돌아나오니 첨벙 다시 물구덩이! 겨우 나뭇가지에 매달렸습니다. 목을 내밀어 휘저어본 후 소리질렀습니다 잘못 든 길 잘못 틔운 생각 소리질러 무슨 소용이 있겠습니까 나는 문득 생을 접고 싶은 생각이 들었습니다 바로 그때 별이 떴습니다 희미한 별빛 사이로 산막 너머 흰 날개를 퍼득이는 고샅길이 보였습니다

　늦은 봄날 그곳을 찾았습니다 산막이었던 커다란 바위, 그 아래 흐르는 물에 발 담그고 하늘을 치어다보았습니다 푸른 잎사귀 사이로 학의 기다란 다리가 슬쩍 보였다 사라졌습니다

동박새 붉은 눈

집은 늘 서쪽으로 향한 마음의 끝에 있었다
달팽이집 창을 깨뜨리고
몸부림치듯 빠져나온 생각의 더듬이
떠나지 못하는 갈대들의 슬픈 몸짓
훔치며 빠져나온 길,
성긴 어둠 털며
캄캄한 생의 주소를 다그친다
낮게 흘러나오는 동백숲
백설기 묻어나오는 바람 끼었고 있다
묵은 감 하나 동여맨 채
여윈 물소리 쓸어담는
산문의 어깨 너머
동박새 붉은 눈 비비며
화엄의 뜬눈 속으로 실려갈 즈음
젖은 발 밑을 찾아오는 그림자 하나

4부

진창 속의 꽃

　꽃을 보러 우포늪에 갔습니다 진창 속의 꽃, 바라보는
일 쉽지 않아 길이란 길 다 보여주고서야 간신히 만났습
니다 꽃대궁 흔적 없이 감추고 수면 위로 가시 돋친 잎
하나 뽑아올린 까닭을 물었습니다 시나브로 불어난 물
위 배영으로 드러누워 아무 일 없다는 듯 무심합디다 늪
에서 살아남는 법이란 남은 힘 뿌리에다 맡긴 채 만나는
질펀한 세상마다 악수하며 사는 거라고 생각했습니다
그러다 하늘을 한 번씩 뒤집거나 빈둥거리는 거라는 것
을 나는 한 잎 커다란 가시연에서 보았습니다.

친정 가시는 길

삼창 지나 물빛 고우니 신안입니다
마음은 벌써 온천골에 닿으시어
저고리 앞섶에
물빛이 방울방울 배어나옵니다
버스에서 내려 삼십 분
몇 걸음마다 보따리 든 손 바꾸시고
종종걸음으로
아롱아롱 숨 고르시는 어머니
재 너머 자천 땅
꽃신 생각으로 넘으셨다지요
산길 구비구비 춤추며 돌아오는 나비꽃신
밤이면 남실남실 물길 밝히셨다지요
어루만져보는 돌멩이 하나하나마다
새록새록 돌아오는 한 해
외할머니 무덤 조을고 계신 온천골
길이 좋아 금방 달려옵니다

벌초

가파른 산길도 자주 어울리니

낮은 봉분처럼 편안하네

철없는 아이들은

할아버지 누우신 자리 밟고 뛰어놀아

벌초 때마다 쑥쑥 자라네

묘사떡 훔쳐들고 줄행랑치던 날

산그늘 타고

동구까지 쫓아오신 할아버지

이제 마음이 좀 풀리셨을까

부질없는 생각이

수없이 접혔다 풀리는 사이

어느새 콧등에 땀방울이 송글거리네

허리를 펴고 산 아래를 보니

생떼를 입히던 날이 바로 엊그제

찬 이슬 편안한 낫질 소리

제법 손에 익어 매듭 없이 들려오네

과수원의 봄

해마다 꽃 피우는 가지는 휘어진 채 바람에 걸려 있다

멀리 돌아서 낮게 흘러드는 강물

겨우내 시퍼런 혈기 접붙인 가지

흙눈 뚫고 잔뿌리 내려 쩡쩡 말문 트면

실눈 뜨는 어린 나무

아버지는 밤마다 환한 보름달을 꿈꾸었으리

터질 듯한 구름 휘어지는 가지

받쳐들고 능금나무가 되었다

몇몇은 솎아지고 떨어지며

홍수와 가뭄 건너 뒤틀린 발뿌리 타고

소리없이 찾아온 어둠의 그림자

노을빛으로 감춘 손 뻗어와

자욱한 바람 들락거리는 굽은 허리

지금도 바람 부는 능금밭에 서 있으면

아버지의 음성이 들려온다

가지에 걸려 휘어질 듯 하얗게 펄럭인다

언뜻언뜻 가리워진 바람의 틈

봄을 움켜잡은 물 이랑 파인 발자국 따라 걸어온다

이어도 산다

이제는 없다
밀물 드는 두근거림
썰물 끝 샛바람
이제는 없다
헛손질로 열이 오르던 장대
이제 뼛속까지 물이 차 편안하다
모래알 서걱이던 입 속
소금기 달짝지근
벼랑 끝 휘청거리는 목선 철선들
여기선 무엇이든 잘 보인다
물길을 흥정하는 무리들
여기선 무엇이든 잘 들린다
가볍게 머리를 흔드는 물풀들
물소리 먹고 자란 나는 본시 섬 아이
섬이란 물길 따라 있고 없는 법
나를 뒤집어엎은 바위 곁
장대를 베고 잠이 든다

소금쟁이처럼 들떠 흐르던

수면 위 장대비 쏟아진다

배를 기다리며

대처로 나가는 뱃길은 끊겨

등진 백양나무 그림자 엎어져 있다

물밑 피라미떼처럼 이리저리 쏘다니다

뱃머리 다슬기처럼 엉겨붙던 아이들 웃음소리

훔쳐보던 줄풀들

강을 넘보고 있다

가난한 날개옷 걸치고

늦은 계절 위에 선 잠자리

휘어졌다 되돌아오는 곡선이 빚어내는

단꿈을 빨고 있다

바람에 찌를 띄워

길을 묻지만

대답이 없다

언덕 아래 깔깔거리는 쑥부쟁이

처얼썩 처얼썩 제 등줄기 두드리는 빈 배 한 척

버릴 수 없는 물 위의 길은 떨쳐버리지 못한

마음의 가지 끝에서 피어난

햇살 한 송이로 반짝이고 있다

어머니 치마폭

저녁 설거지는 어머니 치마폭에서
짧아진 햇살보다 더 짧게 끝난다
물 길어 안채 사랑채 오가며
눈길은 자주 울타리를 넘고
아버지는 오늘도 늦으시나,
솔가지 매운 연기 목젖 쓸어갈 때
껌뻑이는 암소 검은 눈망울
밥상 차려 아랫목 밀어놓고
바늘귀 가난한 밤을 꿰어 베갯잇 기우신다
잠든 아기 벼랑 끝
호롱불은 자꾸만 졸음이 오고
때 이른 배꽃 가지 토닥거린다
창호지 두드리는 소쩍새 울음소리에
친정의 우물이 눈가에 어리신다
방문을 여니
어머니 치마폭에
주렁주렁 달린 달빛 한 두름

둥지

눈 그치니 강물 다시 흐르네

둑을 따라 걷는 까닭은 개운한 하늘

돌아보니 선명한 발자국

새들도 남기고 싶었을까

돌아갈 곳은 둥지라는 듯

하얀 수틀 위에 찍어낸 수실

참한 나뭇가지 그렸네

가는 물소리에도 흔들리는 나의 걸음

매어둘 가지 잃어버린 잎새 모양이네

내심으론 창공을 꿈꾸면서

강 건너편 집 한 채

졸리는 눈 뜨고 나를 보네

인연

시달렸다
소리를 입에 문 냇물은 물이 되려고
끊임없이 제 몸을 씻고
한 움큼 바람을 삼킨 불길은
불이 되려 끊임없이 제 몸을 태웠다
가끔씩 냇물을 훔쳐보며 불꽃은 둥글게 타고
그럴 때마다 냇물은 불꽃을 안으려는 듯 빛났다
허전한 호주머니 집적거리다
물러앉은 생솔가지
물거품 뿜으며 지친 그을음 날렸다
냇물은 물이 되어 불꽃은 불이 되어
대부분 떠났다
남은 물과 불 사이
장승처럼 서서 나는 오랫동안 시달렸다
내 손바닥 무늬에 꼬옥 맞는 돌을 골라
움켜쥐었다
다시는 펴지 않으려고 꼭꼭 눌렀다

그때쯤 그믐 하늘가 촉촉이 젖은 눈을 반짝이며

무슨 말을 할 듯 내려오는

빛을 보았다

반란의 햇살

팔부능선 바위에 앉아
꿈틀, 꿈쩍 않는 앞산의 긴 잔등
젖은 날개 말리는 잠자리
눈알 하나에도 못 미치는 풍경을
가늠해본다

돌아보니
고개 저으며 자지러지는 쑥부쟁이
부산해지는 아침
점령군처럼 밀려오는 반란의 햇살

단잠 자던 바람마다 계곡 거슬러 모여들고
물러설 곳 없는 나의 하산을 재촉하는 찌르레기

벙그는 참나리 촉촉한 입술을 두고
젖은 몸
추슬러 뿜어올리는 긴 호흡

가위눌린 봄밤

가슴이 답답하여 잠이 깨었습니다

방문을 여니 의자 우두커니 앉아 있습니다

발 밑 흥건합니다

스스로 만든 그림자에 묶여

잠 속에서도 누울 수 없었습니다

가위눌린, 땀에 젖은 몸 깊숙이 들여앉힙니다

비로소 의자는 끄덕끄덕 몸을 풉니다

살구꽃 앵두꽃 환한,

달빛조차 졸고 있는 밤

따로 불러낼 사람도 그럴 까닭도 없습니다

봄봄

꽃잎 지듯 마음 날리면
자주 숨이 차는 비둘기호 타고
바람 부는 간이역에 버려지고 싶네

후미진 길 취한 척 걷다가
붉은 등 어리는 손톱에 물려
못 이기는 체 잡혀들고 싶네

술병 헤아리다 늙은 등짝에 붙은 얼굴
녹슨 창틀 흔들어깨우는 신새벽 종소리에
부르르 온몸을 떨고 싶네

죄 하나 겨우 얻어 수줍은 마음 키 덮어쓰고
어느 가문 탱탱한 솟을대문짝 두드리며
소금으로 쓰러지고 싶네

꽃잎 꽁무니에 달고 덜커덩 숨 멈추었다가

콧구멍 속 굴러든 모래알 뱉으며
바람처럼 일어나 달아나고 싶네

쇼생크 탈출

깜깜한 시간 속 무언가 엎드려 있다

비린내 사방 가득 풍긴다

붕어처럼 배가 볼록하다

아가미 쉴새없이 들어올린다

누군가 장막을 거둔다

밀린 빚처럼 빛이 쏟아진다

기댈 벽 하나 없는, 사방투명한

수족관 속

한 사내 파닥파닥 떨고 있다

티끌 한 점 없는

벽이 포효하는 소리를 듣고 있다

수수꽃다리 피는 골목을 찾아

몇 굽이 돌아가면

빵빵거리는 찻길이 버티고 섰다

통발 속처럼 기어들어간 주점,

벽을 바라보며 포효하던

저 사나이

歲寒圖

봉우리마다 멱살 잡혔다
나무들 창을 꼬나들고 지나갔다
허수아비처럼 흔들리며 왔다
돌연 내 몸 한가운데가 부풀었다
아무도 없었다

허공에다 붓을 들었다
크게 한 획 휘둘렀다
화선지 같은 눈밭, 뚝뚝 먹물이 돋았다
겨우내 곪아온 마음자락
풍선처럼 터져버렸다

그날 밤
마른 내 영혼이 바삭거렸다
덕유산 바람을 타고 불이 붙었다
젖은 육신을 빼재에다 흩뿌리고
혼은 가오리연이 되어 날았다

눈망울로 수축된 시인

정과리(문학평론가)

이동백 시의 가장 큰 특징은 언어의 섬세한 세공이다. 그는 순화된 언어를 고르거나 혹은 모든 언어의 표면을 곱게 간다. 우선 음성학적 차원에서, 시인은 반복의 마술사다. 가령, "아롱아롱"(「친정 가시는 길」) 같은 단순 반복에서부터 "구도의 걸레질 반질반질"(「수나의 고무신」)처럼 같은 간격으로 세 번 되풀이된 '질'의 밭은 연속적 되풀이, 혹은

다시 또 뒤란이네
제 몸의 단추를 꼭꼭 채우는 다슬기
뒤란의 기슭이
해답처럼 내 발길, 가로막네

　　　　　　　　　　　　　　—「뒤란의 길」 중에서

에서처럼 행을 성큼성큼 건너뛰면서 이루어진 “~다~
뒤~/~단~다~/~뒤~/~답~”이라는 ‘ㄷ’ 음의 성긴
연속적 되풀이, 그리고 “오랜만에 만난 섬과 섬 마주 보
며 웃는다”(「해후」)의 “~만~만~(섬~섬)~마~며”처
럼 내삽 구조를 이룬 복합적 되풀이에 이르기까지 같은
음들의 잔잔한, 그러나 미묘한 변화들로 애끓는 율동은
이동백의 거의 모든 시를 지배하고 있는 특징이다. 그
소리들은 마치 저녁노을에 비추인 강물의 빛깔들처럼
춤춘다. 무한한 표면이 하나의 수면에 상감되듯 무한한
소리가 하나의 말에 배어 그것을 옹골지게 한다.
　다음, 비유 혹은 이미지의 차원에서 그의 시는 최대한
도로 맑게 씻긴다. 몇 개의 보기를 들어보자.

　　1) 저고리 앞섶에
　　　　물빛이 방울방울 배어나옵니다
　　　　　　　　　　　—「친정 가시는 길」 중에서

　　2) 저녁 설거지는 어머니 치마폭에서
　　　　짧아진 햇살보다 더 짧게 끝난다

―「어머니 치마폭」 중에서

3) 울컥 창을 무너뜨리고

　　밀려오는 산등성이

　　눈 속에 첩첩 박히더니

　　맨 마지막 엷은 눈썹 같은 슬픔 하나

　　날개를 파닥입니다

―「새」 중에서

4) 백설기 묻어나오는 바람 끼엊고 있다

―「동박새 붉은 눈」 중에서

5) 청산 가자고 조르는 생각

　　모시나비처럼 파닥거린다

―「蘭 꽃피다」 중에서 (밑줄은 인용자.)

　　무심히 뽑아본 위의 시구들은 시인이 세상을 어떻게 백색의 혹은 투명한 공간으로 치환하는지를 여실히 보여주고 있다. 1)의 '물빛'은 땀의 은유이다. 땀에서 육체적 고통, 흙먼지, 숨가쁨 등이 제거되고(아니, 차라리 걸러져) 친정에 가고자 하는 순수한 움직임의 의지만이 희망의 형체로 남았다. 2)의 뜻은 밥과 찬이 부족해서 설거지할 것도 없었다는 것이다. 그 가난의 상황을 '설거지'에 초점을 맞추고 그것을 저녁 햇살에 대비시킴으로써, 순간적으로 반짝이는 맑게 씻긴 생활의 정경으로 바꾸었다. 3)은 약간의 풀이가 필요하겠다. '눈썹'은 '눈'의 대립항이자 동시에 경계선, 즉 변화면이다. 의학적으로 눈썹의 '생리적 의의'는 분명치 않다 한다. 또한 우리는 눈썹을 표정을 짓거나 사람의 됨됨이를 판단하는 데 흔히 사용한다. 가령 "양미간을 찌푸리다" "눈썹 하나 까딱하지 않다", 혹은 "백미(白眉)" 같은 표현들에서 그것을 확인할 수 있다. 위 시구에서의 '눈썹'은, 그러나, 그러한 과학적 규정이나 일상적 사용과 무관하다. 담론 내부의 구조로 보면 눈썹은 눈과 대립하는데, 눈에는 "밀려오는 산등성이[가] 첩첩 박히"고 있다. 이 진술의 뜻은 그리 어렵지 않다. 앞으로 가야 할 길, 넘어야 할 고개의 아득함을 가리킨다고 할 수 있다. 이 막막한 감정에 대해 시의 화자는 가까스로 희망의 희미한 편린 하나를 대립시킨다. 이 대립은 그런데, 어느 근거 없는 곳으로부터 와서 정면으로 맞서는 대립이 아니라, 그 절망적 감정 자체로부터 '분비된' 대립이다. 의미론적으로 그것은 막막한 감정 → 슬픔 → (희망의) 날개의 이동으로 나타난다. 희망의 날개는 슬픔의 날개이고 슬픔은 절망으로부터 스며나온 것이다. 이 대립물의 스며나옴의 절차에 '눈썹'이 비유로 사용되었다. 우선은, 그 위치와 모양이 그 비유를 가능케 하였다. 눈썹은 눈과 하나의 신체적 '집합'에 속하며 동시에 명확히 변별적인 것이다. 눈썹의 가는 모양은 눈의 상부의 호(弧)를 복제하면서 눈의 둥그럼에 대립한다. 그러나 눈썹은 눈과 인접해 있을 뿐 눈으로부터 태어난 것은 아니다. 눈썹은 눈의 분비물이 아니다. 이 언어외적 이물(異物)을 시구상에서 (즉, 언어적으로) 스며나온 것으로 만들기 위해서는 다른 (언어적) 촉매가 필요하다. 그 촉매는 음성학적 자질들이다. 가만히 보면, 눈 속에 박힌 산등성이는 "첩첩" 박혔다. '눈썹'의 '썹'은 바로 이 '첩첩'으로부터 분비된 것이 아니겠는가. 이 음성학적 이동을 통해 결정적으로 눈썹은 희미한 슬픔의 은유가 되었다. 이 희미한 슬픔은 절망적 감정으로부터 증발하면서 그것의 가두리에서 '파닥인다'. 다시 말해, 그것은 그 감정으로부터 도피하는 마음의 표현이 아니다. 그것은 거꾸로 그 감정을 반추하며 달래고, 동시에 감정 자체에 생기를 부여하는 '작업'이다. 그것은 공간적·형상적으로 떨어져 있되, 운동역학적으로는 감정에 바투 붙어 쉴새없이 토닥이기 때문이다. 이 토닥임을 가능케 한 것이 눈썹이라는 비유이고, 눈썹이 그 기능을 한 것은 위치와 형상에 의해 인접성과 유사성을 확보하고("같은"이라는 직유는 그것을 정확히 지시한다), 이 인접과 유사의 특성으로서의 변별성을 소리값에 의해 상호성으로 뒤바꾸었기 때문이다. 이때 눈썹은 차라리 속눈썹이 된다. '파닥이다'라는 의태어로 지시된 파르르 떠는 눈썹은 깜짝이는 속눈썹이 된다.(그러고 보니, 속눈썹의 한자어는 첩(睫)이다. 첩첩(疊疊)이 첩(睫)을 낳은 것은 자연스럽다. 물론 이 맛은 시인의 요리 솜씨에서 바로 왔다기보다는, 음미하는 자의 침이 시의 언어에 당도를 배가한 결과이리라.)

여기까지 와서야 독자는 4)의 '백설기'나 5)의 '모시나비'가 순수성에 대한 극단적 집착이 낳은 장식적 표현이 아님을 느낄 수 있다. 그것들은 3)의 '눈썹'과 마찬가지로, 닫혀 있는 어떤 시적 감정이 그 폐쇄성으로부터 해방되기 위해 스스로를 분해시켜 내놓은 의지의 물질들이다. 그것들의 색깔이 하얗거나 투명하고 그것들의 형체가 분말이거나 얄팍한 것은, 그것들이 완강한 시적 정황에 외재적인 것이 아니라 내재적이기 때문이다. 부정적 정황의 가두리에서 겨우 새어 혹은 풀려나오는 실밥 혹은 보풀. 그것들은 약한 몸짓들이다. 그러나 시인은 '약함'에 기대어서, 다시 말해, 그 '약함'이 내포할 수 있는 가장 긍정적인 속성들을 통해서, 그 약한 것들에게 최대의 생기를 부여한다. 우선 약한 것들은 작고 가벼운 것들이다. 그리고 작고 가벼운 것들은 크고 무거운 것들보다 더 잘 운동할 수 있다. 정황으로부터 벗어나려는 그들의 몸짓은 빈약하지만 그러나 실감나게 파닥인다. 다음, 약한 것들은 새로운 삶을 막 시작하는 것들이다. '너의 시작은 미미하였으나' 같은 구절이 가리켜 보여주듯이 말이다. 약한 것들의 운동은 언제나 생성의 시초를 보여준다. 그런데 어떤 삶에서도 최초의 시작만큼 가장 생기 있는 기간은 없다. 그것들은 이제 겨우 시작했기 때문에 최대치의 가능성을 품는다.

이동백 시의 비밀이 한 꺼풀 드러났다. 이것은 비밀이라기보다 차라리 은폐된 사연이다. 왜냐하면 그것은 '잘 빚어진 항아리'라는 시의 고전적 이념을 완성하기 위해 작동한 고단수의 수사학이라기보다 시인이 안에 품고 있는 어떤 피치 못할 사연으로부터 태어난 것이라고 보아야 할 것 같기 때문이다.

물론, 독자는 정말 그럴까? 라고 물어야 한다. 시의 진솔성을 확인하는 일은 믿음의 문을 통해서가 아니라 의혹의 문을 통해서만 가능할 수 있다. 믿음의 문을 통할 때 독자는 대답의 노예가 되지만 의혹의 문을 통할 때 독자는 대답의 주인이 된다. 그리고 그것이 독자를 최상의 '창조적 주관'인 시인에 합당한 존재로 격상시켜 주는 것이다. 그러니 독자는 거듭 추궁해야 한다. 너의 시에 진실이 있는가, 라고.

의혹의 문턱을 넘으며 독자는 하나의 단서를 줍는다. 그것은 그의 시가 빚어낸 가장 핵심적인 이미지가 보석도 장미도 어머니도 아니라 돌멩이라는 것이다. 돌멩이가 문자 그대로 나타나는 시편이 아주 많지는 않다. '돌'이 등장하는 시편은 전체 53편 중 11편이다. 그러나 실제 돌멩이는 다양한 변이형과 암시태를 통해 거의 모든 시편에 실재한다. 그 변이형들은 "콧구멍 속 굴러든 모래알 뱉으며"(「봄봄」)의 '모래알'에서부터 "이 바위, 한 덩이 적막이 차다"(「연화봉에서 저물다」)의 '바위', 그리고 "끝없이 비워내도 섬은 살아있다"(「해후」)의 '섬'에 이르는 물리적 변이형들, 그리고, "팽개쳐진 해골" "목탁 한 벌"(「불길」), "굽은 허리"(「과수원의 봄」), "굽은 길이 마음을 편다면"(「경계의 그늘」), "꿈틀, 꿈쩍 앉는 앞산의 긴 잔등", "등진 백양나무 그림자 엎어져 있다"(「배를 기다리며」), "봉우리"(「저문 강」), "낮은 봉분"(「벌초」)

등의 형상 변이형들, 그리고 그 연장선상에서 "앞마당에 두꺼비처럼 엎드렸습니다"(「수나의 고무신」)의 '두꺼비' "때 묻은 머리 사타구니에 파묻어/둥글게 몸을 만들어 보지만/고동소리는 없다"(「종소리」), "달팽이집"(「동박새 붉은 눈」)과 같은 의지-형상 변이형들, 또한, "문득 두드리는 바람"(「蘭 꽃피다」), "지푸라기 또아리 튼다"(「새끼 꼬기」), "흙의 빛깔로/내가 버린 모든 것 끌어안으면/어느 길에 굴러도 따뜻할지니"(「개옻나무」) 등의 운동 유사성에 의지한 운동 변이형들과 "하늘로 오르지 못한 물방울 고여 흐른다" "새김질로 삭여지는 아우성"(「타는 뻘」)의 속성 변이형들로 아주 다양하게 나타난다.

이 변이형들과 더불어 돌의 존재를 실질적으로 지시하는 암시태들도 꽤 있다. 가령, "승객들 다 게워낸 버스 요동치기 시작했다"(「작은 섬」)의 시구에서 버스를 요동치게 하는 것은 말할 것도 없이 길바닥에 울퉁불퉁하게 깔려 있는 자갈들이다. 그러니까 이 시를 진동시키는 것은 본문에는 나타나지 않는 '돌'이다. "길을 넘보며 물수제비뜬다"(「율지에서」)도 마찬가지다. 우리는 돌로만 물수제비를 뜨기 때문이다. "수면 위로 떠나가는 희고 검은 얼굴"(「환상리」) 같은 얼핏 환상적인 묘사도 돌을 가리키고 있음이 틀림없다. 수면 위로 어리는 희고 검은

것들은 분명 강바닥에 자잘히 깔린 희고 검은 돌들일 것
이기 때문이다.

　때문에 돌멩이는 이동백의 시에 편재하는 항상적 이
미지라고 할 수 있다. 아니 차라리 항상적 사물이라고
말해야 하지 않을까? 왜 사물이냐 하면,

　　　나는, 내내 만지작거리던 돌멩이를
　　　생의 의문부호처럼 던져보네
　　　　　　　　　　　　　—「뒤란의 길」 중에서

에서 보이듯 그 돌멩이는 비록 비유의 형식을 빌리긴 했
으나 실상 그 비유의 형식으로 말미암아 '생'에 개입하
여, 그것을 동요시키기 때문이다. 돌멩이는 독자의 의문
부호일 뿐 아니라 시인의 의문부호이기도 하다. 그래서
독자에게는 돌멩이가 시인의 존재 자체처럼 느낀다. 과
연, '자서'에서,

　　　자폐로 기울어지며 입 속에서 자라나던 가시 같은 언
　어들

을 읽었을 때, '자폐'는 곧바로 편재하는 돌의 시니피에에

인 듯이 여겨진다. "가슴 밑바닥 돌이 된 찌꺼기"(「저문
강」), "돌아보면 마른 풀 한 포기 키우지 못한 캄캄한 돌
밭"(「비수처럼 달려올 햇살」), "나를 채우고 있던 돌멩이
들 하나하나 풀어진다 / 허물어진 빈 집에서 만난 돌멩
이들 / 생각 위에 생각을 붙여 빼곡이 쌓은 것들"(「탑」)
같은 구절들은 이동백의 돌이 폐쇄된 감정의 응집물이
라는 것을 보여준다.

그러나 비유는 또한 징검돌이다. 그의 돌이 "못다 삭
인 욕망의 돌멩이"(「비수처럼 달려올 햇살」)라면, 그것은
바깥으로 뻗쳐나가려는 기운으로 그 돌이 끊임없이 부
글대고 있다는 것을 가리킨다. 그렇다면 돌은 이중의 힘
이 균형을 이룬 상태의 긴장의 장소일 것이다. 다시 말
해 안으로 응집되는 힘과 밖으로 뻗쳐나가는 힘 사이의
길항이 완전한 균형을 이루고 있는 곳이 돌이라는 것이
다. 그렇기 때문에 그 돌은 물수제비뜨는 돌이고 끊임없
이 형상을 바꾸고 운동을 진행하는 돌인 것이다.

저 두 힘의 까닭을 살펴보기는 쉽지 않다. 왜 시의 주
체는 안으로 웅크려드는 것일까? 또한 왜 그는 자꾸 밖
으로 뻗쳐나가려 하는 것일까? 이 까닭은 분명치 않지
만, 대신 두 힘의 균형의 장소에 그가 머무는 까닭은 밝
혀져 있다.

가부좌 틀고 앉으니
옥에 갇힌 몸
내 이제 바위가 되리
남몰래 훔친 經 몇 장으로
비겁한 생이 가려지겠느냐

—「耳鳴 속의 해일」 중에서

"가부좌 틀고 앉으니/옥에 갇힌 몸"이라는 표현은 그의 폐쇄성이 자발적이라는 것을 가리킨다. 그리곤 그 폐쇄성을 키워 바위가 되겠다는 의지를 표명한다. 그러나 그러한 의지의 표명은 실제 열려 나가고 싶어하는 욕망의 크기에 대한 반작용으로 보는 것이 타당하다. 곧바로 그는 바깥의 '경'에 대한 경사를 드러내고 있기 때문이다. 그러나 그는 그 경을 "남몰래 훔친" 것이라 여기고 그것이 자신의 문제를 해결해주지 않는다고 생각한다. "비겁한 생"이란 그의 생이 본래 비겁하다는 뜻이 아니라 남몰래 훔친 경으로 자신의 문제를 해소하려 한 행위 자체에 대한 규정으로 보인다. 시 전체를 통틀어 비겁함에 관한 내용이 없기 때문이다. 그 대신 바로 앞 연의 "눈감으면/수천의 매미떼들이/수피처럼 달라붙는다"

에 의하면 폐쇄성의 의의를 눈치챌 수 있다. 내면으로 침잠하면 수천의 매미떼 소리가 들린다는 것. 다음 연을 마저 읽은 독자는 이제 그것을 '내면으로 침잠할 때만' 그 소리를 들을 수 있다는 진술로 읽을 수 있다. 바깥의 '경'에 의지하면 그것이 어떤 정보를 가져다준다 할지라도 매미떼 소리는 들을 수가 없다. "남몰래 훔친 경"은 잘못된 방법으로 그를 '비겁하게' 했고, 또한 잘못된 방법의 잘못된 효과로 그 비겁함을 가릴 수가 없다.

그러니까 그의 자발적 폐쇄성은 윤리적 결단의 결과이다. 거기에 어떤 책임이 있는 것이다. 그러나 동시에 그 자발적 폐쇄는 폐쇄성의 상태를 벗어나기 위한 전제이다. 문제와 직면함으로써 문제를 풀어내려는 것이다.

앞에서 살펴본 언어적 순수성과 돌의 주제 사이에는 어떤 상관성이 있을까? 거기에 이동백 시의 미학이 놓여 있다고 할 수 있다. 우선 독자는 그의 돌이 웅크린 돌이자 동시에 격렬한 돌임을 보았다. 책임의 표상이자 동시에 탈출의 장소임을 보았다. 이 상극적 두 방향이 팽팽한 균형을 이루고 있는 물질이 돌이었다.

그렇다면 이 돌은 내면과 바깥 사이의 경계로 수렴된다. 막 손을 벗어나려는 찰나에, 그러나, 잘 벗어나기 위해서 단단히 쥐여진 형상으로 존재하는 것이다. 시 전편에 등장하는 돌들은 다채로운 운동과 형상으로 끊임없이 변형되고 있으나, 여기가 중심이다. 이 중심은 그러니까 세계로 열린 창이며 안으로 뚫린 문이다. 그것이 동물의 신체로 옮겨지면 바로 눈이다. "열린 만큼 닫혀 있는 눈"(「몽유」), "껌뻑이는 암소 검은 눈망울"(「어머니 치마폭」)의 그 눈들 말이다.

이 눈의 기능은 물론 바라보는 것인데, 그것이 어떻게 특성화되었는가에 따라 시적 성질이 달라진다.

무엇보다도 그 눈은 열림과 닫힘의 사이에 판막으로 존재하는 눈이다. 그 양상에 대해서는 '돌'을 통해 충분히 말했으므로 되풀이할 필요가 없을 것이다. 돌에서 눈으로의 이행에서 드러나는 특성들에 주목해야 할 것이다.

우선, 그 눈은 멀리 바라보는 눈이라는 것이다. 그것은 "나는 먼 바다에 가 닿으리"(「耳鳴 속의 해일」)라는 시구가 있듯이, 시의 주체가 먼 데를 꿈꾸기 때문이다. 그런데 이 '먼 데'가 의미심장하다. 그가 먼 데를 꿈꾸는 것은 현실로부터 아주 벗어나고자 하는 충동의 표현이 아니기 때문이다. 오히려 그 '먼 데'는 앞에서 보았던 '경'의 세계와 대립하는 것으로 보아야 한다. '경'의 세계로 표상된 바깥의 세계는 비겁함의 원천이며 헛된

세계이다. 그것이 그를 내면으로 침잠케 했음을 독자는
보았다. 그러나 또한 그 닫힌 내면의 세계가 해방 충동
으로 들끓고 있다는 것도 보았다. 그렇다면 저 '먼 데'
는 내면으로부터 해방된 세계이지만 동시에 바깥이 아
닌 세계이다. 그곳은 표지할 길 없는 장소이다. '먼 데'
의 '멀다'는 현실의 지도이든 상상의 그것이든, 어떤 지
도로부터도 끊겨 있는 곳이다. 그렇기 때문에 그곳을 표
적으로 세우면 그 자리는 곧바로 원본성을 의심받으며,
그나마 가늠하여 노리면 노리는 만큼 더욱 멀어진다.

    양철판처럼 쉽게 녹이 스는 하늘
    야호! 소리를 허기진 시위에다 끼워 날려본다
    꿩! 꿩! 가로채는 장끼 한 놈
    성한 하늘마저 물고 달아난다

—「과녁」 중에서

    다음, 그 눈은 오래 지속되는 눈이라는 것이다. '먼
데'가 지도의 경계를 넘어 한없이 멀어지는 곳이라면 그
곳을 바라보는 눈길은 멈출 수가 없다. 게다가 "끝없이
비워내도 섬은 살아 있다"(「해후」)라는 구절이 그대로
가리키듯 그가 가고자 하는 곳이 항상적 실체로서 그의

의식 속에 출몰한다면 그는 가는 것을 포기할 수도 없다. 그는 한없이 가며, 그 도정 속에서 "모래톱과 주고받는 이야기 끝이 없다"(「율지」).

이 두 가지 특성 위에서 마지막 특성이 출현한다. 이것이 이동백 시학의 핵자라고 할 수 있다. 그것은 한마디로 요약할 수 없는 한 편의 극본으로 이루어져 있다.

첫번째 단계: 이 표지할 길 없는 장소를 향한 닿을 길 없는 지속은 주체의 눈길을 시나브로 가늘어지고 얇아지게 한다.

저물녘이네
자네는 모래무덤 펼쳐진 고요를 붙들고 있게

나는
어두워질수록 또렷이 드러나는
능선 위의 나뭇가지를
좀더 보아야 하네

—「저물녘」 중에서

라고 자신의 태도를 표명했던 주체는,

잠을 깨었다

멀리 소쩍새 운다

떠나지 못한 더위를 안고

창문에 걸터앉는다

소쩍새 소쩍새 운다

바람이 인다

내가 조금씩 얇아진다

떨고 있는 내 몸, 잎새만하더니

가지 끝에 매달려 발버둥친다

소쩍새 운다

같은 가지 끝에서

조금씩

날이 샌다

—「처서」 전문

에서 자신이 "조금씩 얇아지"는 것을 느낀다.

두번째 단계: 그런데, 이 얇아짐의 양상이 특이하다. '나'는 원래 갇힌 몸이고 따라서 기껏 창문에 걸터앉아 있었다. '나'가 방 안에 묶여 있는 한 먼 데를 바라보는 만큼 얇아지는 것은 불가피하다. "소쩍새 소쩍새" 울음 소리, '이는 바람'은 그 얇아짐을 촉진하는 촉매들이다.

그러나 그것들은 동시에 이동을 가능케 하는 매개물들이다. 두 번 되풀이된 '소쩍새' 울음은 리듬을 생성하고 바람 역시 이곳의 물질을 저곳으로 옮긴다. 그러고 보니, 어느새 '나'는 창문에서 창문 밖의 나뭇가지에 매달린 잎새로 옮겨졌다. '나'는 그냥 갇혀 있었던 게 아니었던 것이다. 나는 눈길의 운동을 통해 물질적 이행을 한 것이다. 그리고 물질적 이행을 통해 다시 태어난 것이다. 사람에서 잎새로. 그 변신의 숨은 기쁨을 새날의 이미지가 감싼다. "조금씩 날이 샌다".

두번째 단계의 첫 번째 의미: 이 물질적 이행을 일으킨 것은 "소쩍새 소쩍새"의 리듬이나 바람이 아니다. 그것들은 매개자들이다. 이행의 주체는 여전히 '나'이며, 그 이행의 방법은 '먼 데 바라보기'이다. 그런데 이 먼 데 바라보는 시선은 그대로 다리가 되어 '나'의 물질적 성분을 옮겨놓는다. 그렇다면 그냥 이동할 수는 없을 것이다. '나'가 분해되지 않으면 안 되기 때문이다. 여기에 와서야 이동백 시의 언어적 순수화가 그 뜻을 얻는다. 그것은 바로 존재를 가볍게 비우기 위한 필수적인 절차였던 것이다. 그 순수화는 앞에서 보았던 대로 가장 맑게 씻긴 상태로 드러나거나 물체의 표면에서 활발히 증발하는 양태로 나타난다. 씻긴 상태는 존재를 최대한으

로 순화한 것이고 증발의 양태는 그 순화의 동작 자체이
다. 또한 독자는 돌의 상황을 다시 이해할 수 있다. 그것
을 처음에는 내면에의 갇힘으로 이해했었다. 그런데 그
것은 또한 존재가 스스로를 가장 작게 만드는, 그럼으로
써 스스로를 가장 순정한 결정 상태로 만드는 방법적 실
존이 아닐까? 얼핏 보아서는 확인하기가 쉽지 않다. 왜
냐하면 물질의 이행은 가두리의 분산을 요청하는 법이
므로, 응축의 운동과 각이 지기 때문이다. 그러나 분산
이 잘 일어나기 위해서는 응축이 잘 되어야 함을 시편들
은 '거꾸로'의 방식으로 은근히 환기하고 있다.

추운 지붕마다 눈을 감고
비빌 곳 없는 생각 난분분 떠도네

　　　　　　　　　　　　　　—「질곡리」 중에서

와 같은 진술은 내면의 폐쇄성과 가두리의 분산성 사이
의 어긋남만을 보여주는 듯이 보이지만, 독자가 첫 행의
'눈을 감고'가 또한 지붕에 내리는 눈이 지붕을 덮는 광
경임을 머릿속에 떠올릴 수 있다면, 이미지의 공간은 더
욱 풍요로워진다. 지붕을 제대로 덮지 못한 채로 내리자
마자 바로 흩어져 날아가버리는 눈의 이미지는 그 분산

성이 지붕의 내면 공간을 잘 감싸지 못한 대가로, 방향
을 잃은 채 떠도는 모습을 보여준다. 반대의 맥락에서,

> 새김질로 삭여지는 아우성
> 뻘은 뻘답게 질퍽거린다
> 젖을수록 목이 타는 것들
> 뻘밭을 긴다 뻘을 삼킨다
> 시작도 끝도 없는 들판 작은 길이 열리고
> 하늘로 오르지 못한 물방울 고여 흐른다
> —「타는 뻘」 중에서

와 같은 시구는, 내면으로의 지나친 침잠이 고갈을 야기
하는 광경을 보여주고 있다. 그러니 정제된 응축이 해방
의 필요조건이 아닐 수 있겠는가? 실로 독자는 다음과
같은 시구에서 '제대로'의 방식으로 응축과 분산의 조화
를 표출하는 수일한 이미지를 만나게 된다.

> 물 무늬에 취해 춤추는 얼굴
> 다슬기 기지개 켜네
> (……)
> 제 몸의 단추를 꼬옥 채우는 다슬기

뒤란의 기슭이

해답처럼 내 발길, 가로막네

　　　　　─「뒤란의 길」 중에서

　다슬기는 물 무늬에 취해 기지개 켠다. 이행이 시작되는 순간이다. 그런데 그 이행을 잘 수행하기 위해 다슬기는 "몸의 단추를 꼬옥 채"운다. 그러면서 "내 발길"을 "가로막"는데, 이것은 폐쇄의 인력이 아니다. 왜냐하면 마지막 두 행은 앞뜰로 가지 말고 "뒤란의 기슭"에 취할 것을 '나'에게 권유하는 광경이기 때문이다. 앞뜰이 앞에서 본 '경(經)의 세계'에 대응한다면, 뒤란의 기슭은 표지되지 않은 세계를 향한 비밀의 문턱이 된다.

　두번째 단계의 두번째 의미: 이렇게 존재의 이행이 가능하게 되자, 갇혀 있음의 의미틀이 변하게 된다. 간단히 말해 갇혀 있음은 존재에서 인식으로 변모한다. 돌이 의문부호가 되는 것은 그 때문이다. "비운 것들로 가득 찬 연못 한가운데/다슬기 작은 쉼표 그리네" 같은 진술은 그 사정을 가장 명료하게 압축하고 있다. 이렇게 존재가 인식이 되는 순간에 와서 독자는 마침내 시의 까닭을 눈치챈다. 앞에서 독자는 시의 발생적 근원에 대해서 알 수 없다고 말한 바 있다. 시의 주체가 무엇 때문에 내면으로 침잠하려고 하는지, 또한 그럼에도 무엇 때문에 해방 충동으로 들끓고 있는지 알 수 없었다. 그런데 그것이 바로 시 자체의 숙제로서 나타나는 것이다. 가령, 가슴 아픈 사연이 있었다 →그 사연을 극복하기 위해 시를 쓰게 되었다, 라는 진술은 시의 사회적 기능을 요약한 것이다. 이때 시는 삶의 치환 혹은 극복 혹은 승화이다. 이동백의 시는 그렇게 나타나지 않는다. 그의 시는, 시가 여기에 있다 → 시를 여기에 존재케 하는 어떤 알 수 없는 근원이 있다 → 시의 운동은 그 근원을 향해 간다, 라는 진술들로 이루어진다. 이 진술 속에서 시는 삶의 극복이 아니라, 시의 존재론적 자기 해명의 과정이 된다.

　세번째 단계: 존재의 물질적 이동은 얇아짐, 가벼워짐을 통해 나타난다. 그렇다면 이것은 존재의 궁극적 소멸을 노정하지 않겠는가? 시의 주체는 그 운명을 알고 있는 것으로 보인다. 존재의 이행 속에서 주체가 당하는 고통은 크게 두 가지이다. 하나는 앞에서도 보았던 것처럼 그 이행의 불완전성, 혹은 불발로 인한 것이다. 그런데 이것은 이행의 '의의cause' 자체를 훼손하지는 않는다. 이보다 더 심중한 고통은 존재의 비움을 대가로 한 이행은 '한없이'의 양태로 지속될 수 없다는 것이다. 그

것은 시의 운동 역학 및 그것의 목표에 어긋난다. '먼
데'를 향한 주체의 눈길은 한없이 멀어지는 목표를 따라
가는 과정 속에서 점차로 실처럼 가늘어지고, 또한 그
눈길이 실어나르는 주체의 성분은 극도로 희박해져서,
마침내 텅 비게 될 것이기 때문이다.

　　간신히 끌고 온 불연속 무늬들
　　묵직한 서까래에 부딪혀서 무너진다
　　붉은 해 먹 감는 강 어디쯤 흐르는가
　　때 묻은 머리 사타구니에 파묻어
　　둥글게 몸을 만들어보지만
　　고동 소리는 없다
　　밤새도록 등짝 후려치던 골바람 잠잠하더니
　　난데없는 딱다구리
　　내 머리통 뚫는다
　　날카로운 부리 속으로 빨려들어가는
　　주인 잃은 動詞
　　나는 더이상 꼼짝할 수 없다

　　　　　　　　　　　　　　—「종소리」 중에서

　나는 더이상 응집되지 못하고 덕분에 나아가지도 못

하고 무너지기만 한다. 이제 "주인 잃은 동사"만이 비명
처럼 남을 뿐이다.

　이것이 예감으로 주어질 때 주체의 기도는 미리 좌절
될 수 있다. 그렇다고 알면서도 무시할 수는 없다. 뭔가
하지 않을 수가 없을 것이다. 주체의 대응은 크게 두 가
지로 갈라지는 것 같다.

　그 하나는 운동 에너지의 최소 보존의 방향이다. 즉
가벼워짐의 연소 행위 속에서 주체의 정수를 순수 결정
상태로 유지시키는 것이다.

　　몸부림치듯 빠져나온 생각의 더듬이
　　떠나지 못하는 갈대들의 슬픈 몸짓
　　　　　　　　　　　—「동박새 붉은 눈」 중에서

에서 더듬이만 떠나고 갈대들은 남기는 것이다. 그때 더
듬이 부분은 그대로 최초의 운동의 형상과 크기를, 아니
좀더 정확하게 말해, 활기를 간직한다. 갈대들을 버린
덕분으로. 주체는 눈망울 하나로 수축되며, 그 눈망울은
이행의 매 순간마다 "시나브로 화살촉 같은 별"(「과녁」)
로 다시 뜨는 과정을 통해 재탄생한다. "우듬지 끝에서
생겨나는" 것은 매번 "이름"(「겨울숲에 돌아오다」), 즉 하

나의 고유하고 충만한 실존이다.

그러나 이 방향은 자가당착적이다. 주체의 운동이 근본적으로 자신에 대한 풀리지 않는 의문으로부터 출발하였다면, 그것을 위해 자신의 순수한 핵자를 보존하는 것, 즉 매 순간 자신의 이름을 갖는 것은 자신을 확신의 상태로 두는 것이기 때문이다. 그래서,

> 동박새 붉은 눈 비비며
> 화엄의 뜬눈 속으로 실려갈 즈음
> 젖은 발 밑을 찾아오는 그림자 하나
>
> —「동박새 붉은 눈」 중에서

를 만나지 않을 수가 없게 된다. 다른 하나의 방향은, 바로 이 직면으로부터 발생한다. 주체가 핵심을 보존하는 대가로 부분들을 버릴 때, 그 부분들이 소각되지 않고 여전히 '남음'의 상태로 있다면, 그것은 주체의 이행로 자체를 메우게 될 것이다. 이때 주체에게 가능한 방법은 주체의 비워짐이 그대로 타자들에게로의 분산을 실행하는 것이다. 다시 말해, 표지할 수 없는 미지의 목표로 향했던 운동 에너지가 주변의 존재들에게로 굴절되어 주체의 운동을 다른 존재들에게로 이입하게 된다. 방금 읽

어보았던 「겨울숲에 돌아오다」가 그 사정을 명료하게 보
여주고 있다.

숲 끄트머리쯤 흩어지는 글자
모음은 산을 그리거나 구름 위에 얹히고
나뭇가지에 걸리는 자음들
둥근 받침 하나 굴러떨어져 냇물 속으로 숨는다
겨울숲 한가운데 서 있으면
조금씩 가벼워지는 몸뚱어리
우듬지 끝에서 길을 잃곤 하던 나의 의문은
구름, 냇물 위에서 잠시 풀리고 있다

독자가 방금 읽은 것은 "우듬지 끝에서 생겨나는 이
름"이다. 이름은 누구에게도 양도할 수 없는 주체만의
고유한 것이다. 그러나 그 고유성이 확립되는 순간, 그
것을 탄생시키는 데 소용된 글자들은 잉여로 남는다. 그
것들이 이룬 의미가 주체에게 '붙었기' 때문이다. 그것
을 문득 느낀 주체는 글자들이 흩어져 다른 존재들을 찾
아가는 그림을 상상한다. 그들이 나의 의미를 완성했던
것처럼, 다른 존재들에게 의미를 주리라. 그런데 여기에
서 하나의 깨달음이 획득된다. 나의 비움은 타자와의 나

눔이어야 한다는 것. 비움의 방향이 옆으로 휘어져야만 앞으로의 전진이 가능하다는 것.

이 깨달음을 언어의 환경론이자 타자의 윤리학이라 할 수 있을 것이다. 사실 환경학의 핵심은 기본적으로 이와 다르지 않다. 앞으로 놓인 인류의 방향을 옆으로 굴절시키는 것. 그러나 이 방향도 완전한 해답은 아니다. 주체의 원래의 목표는 자기 존재의 해명이었다. 그런데 이제 목표가 그렇게 자신을 찾아 헤매는 존재들에게로 옮겨졌다. 그러니까, 목표는 구도에서 방황으로 바뀌고 만 것이다. 구도가 방황의 형식으로 나타났던 것이 방황이 구도의 형식으로 나타나게 되었다.

그러나 이 두 방향을 동시에 짊어지고 가는 것은 어렵고도 소중한 일이다. 만일 저 구도와 방황을 따로 떼어 놓으면 그 어느 하나는 필경 다른 것을 자신의 수단으로써서 오직 팽창만을 욕망하게 된다. 보편성으로부터 떨어져나온 근대인이 자신의 유한성을 극복하기 위해 역사를 발명하면서 불멸에의 욕망 속에 과거를 소진시켰듯이. 그 과거와 더불어 정령들과 생명들과 다른 인간들을 '가두고' '개발' 하는 데만 썼듯이. 혹은 근대인이 개인의 고립을 극복하기 위해 국가를 발명하면서 개인들을 잘 작동하는 부속들과 사물들로 만들듯이. 또는 거꾸로 수평적 확산이 엔트로피의 확산을 야기하듯이. 타자에 대한 원리적 배려가 타자에 대한 냉혹한 무관심을 발생시키듯이. 평등주의가 평등의 조건을 붕괴시키듯이. 물론 이런 얘기는 시와 직접 관련이 있는 게 아니라 독자의 뜬금없는 잡념일 뿐이다.

어쨌든 이동백의 시적 여정은 구도와 방황 사이의 교차점에 정교하게 위치한다. 그가 애초에 최초의 웅크림, 침잠의 자세로 출발하였듯이, 그 교차점 역시 잘 응축되어 있다. 그렇다는 것은 독자가 애초에 폐쇄성으로 보았던 그의 내면 침잠의 자세가 또한 겸허한 성정(팽창 욕망을 제어하는 태도)의 표현이라는 것을 뜻하는 것이기도 하다. 그건 그렇고 그의 매순간의 재탄생은 그 구도와 방황의 응축의 결과로서 환희와 애수의 복합체로서의 감정을 동반한다. 구도와 방황은 결코 서로를 완성하지 않는 채 하나로 응집되는 형식으로 맹렬한 원심력을 일으키는 도중으로 현존한다.

애수의 측면에서 그것이 낳은 매우 수일한 이미지가

세상의 모든 길 죄다 녹아 발걸음 글썽인다

—「어라연」 중에서

라면, 환희의 측면에서 나타난 가장 상쾌한 이미지는,

　　잠에서 깨고 나니 버스 안 이었다 흐릿한 창 너머 가끔
바다가 일어서곤 했다 산모퉁이 돌아서자 베낭을 멘 한
학생이 내렸다 자리를 옮겨 앉았다 바다를 잘 비추는 햇
살 아래 다시 몰려드는 졸음 어디쯤 내릴 것인지 정할 수
없었다 잘 닦인 해안도로 미끄러지듯 버스는 돌았다 다
래끼를 차고 목수건 두른 아주머니 큰 소리로 버스를 세
웠다 다시 그 자리로 옮겼다 북창 밖, 산자락 이불처럼
두른 눈밭 목이 자꾸만 움츠러들었다 승객들 다 게워낸
버스 요동치기 시작했다 좌우로 흔들리는 나는 아래위로
쥐어박혔다 정신이 번쩍 들었다 내가 몰고 가는 버스 안
팎 따로 없는 너털웃음 터뜨렸다 이제 곧 묻혀버릴, 얼마
남지 않은 진창길 위에서 춤추는 바다 한켠 지그시 누르
고 앉아 눈웃음치는 작은 섬을 보았다

—「작은 섬」 전문

이다. 「어라연」의 애수는, 발걸음은 눈망울로 글썽이고
눈망울은 발걸음으로 진 토양을 밟는 상호 이접(移接)의
형식으로부터 태어난다. 「작은 섬」의 환희는 눈망울과

작은 섬의 상호 포함의 형식으로부터 터져 나온다. 풀이 하면 이렇다. 이 시에서는 앞에서 말한 타자로의 분산이 공간(작은 섬) 전체가 요동하는 장관으로 표출되고 있는 데 그것을 신세계의 풍경처럼 여는 것이 눈망울이다. 그 래서 눈망울은 한껏 커지는 것인데, 그러나, 눈망울 속 에 담길 작은 섬이 은밀한 눈웃음으로 눈망울을 유혹하 여 빨아들이며 눈망울을 농밀하게 수축시칸다("춤추는 바다 한켠 지그시 누르고 앉아 눈웃음치는 작은 섬"이라는 구절이 그 심사를 절묘하게 지시하고 있다). 덕분에 팽창 으로부터 수축으로 선회한 눈망울은 포기된 팽창 대신 천변만화하는 표정을 담고야 마는 것이다.

시인의 말

나는 아직도 가출을 꿈꾸고 있다

자꾸만 떼어내고 싶다.

거머리처럼 달라붙는 기억들. 냇가에서 해지는 줄 모르고 정신없이 놀다가 배가 고파왔다. 발등이 가려워 가만 보니 뭔가가 내 발등에 붙어 있었다. 거머리였다. 엉겁결에 잡아당겼으나 떨어지지 않았다. 피는 자꾸 흘러나오고 곁에 있던 친구에게 좀 떼어달라고 사정했더니 녀석 또한 겁을 집어먹고 오히려 달아났다. 나는 또 울면서 따라갔다. 지금도 선명한 내 발등의 상처. 글을 쓰는 이 순간에도 무엇인가 떼어내려고 발버둥치고 있다. 그 무엇도 떼어내줄 수 없음을 알고도 따라가고 있다. 길 가던 할아버지가 손바닥으로 탁 내려치니 거머리는 그제야 떨어져나왔다. 작파하면 모든 게 풀리는 것을.

쫓거나 쫓기는 것의 연속이 나의 길이라면 쫓는 것도 아
닌 쫓기는 것도 아닌 어느 묘한 경계에서 떨고 있는 내
몸을 이제는 가끔씩 볼 수 있다. 더이상 쫓아갈 기력도
더이상 달아날 곳도 없을 때 문득 내 발 밑의 그림자처
럼 기대어오는 풍경을 읽는다. 나 또한 풍경에 기대어
이 세상 너머에서 들려오는 듯한 자장가를 나직이 따라
부른다.

   늙은 여우처럼 나는 밤마다,
   고향 쪽으로 고개를 눕히고 잠을 청한다. 직강(直江)
공사로 지금은 흔적조차 가물가물한 경북 경산시 하양
읍 환상1리 22번지. 양수처럼 따뜻한 금호강에 안긴 고
향마을은 태아 모습 같기도 하다. 막 떠나려는 나룻배
모습 같기도 하다. 온통 능금나무로 둘러싸인 채 섬처럼
고즈넉하여 강 건너편에 매여 있는 빈 배를 바라보거나
들머리 백양나무숲을 훑고 가는 바람 소리를 벗하며 자
랐다. 강물이 깊어져 홍옥이 가시울타리 밖을 넘볼 때쯤
이면, 금싸라기처럼 깔린 탱자나무 이파리를 밟으며 들
르곤 했던 이모의 손을 잡고 강둑에 앉아 바라본 노을은
까닭 모를 슬픔이고 그리움이었다. 외할머니의 부음을
듣고 어머니 손에 이끌려 처음으로 외가에 가는 시외버

스 안 홍옥보다 더 붉은 소녀의 뺨을 처음 바라본 이후 얻은 내 병은 세월이 가도 쉽게 낫지 않았다. 시방 나는 대구광역시 서구 평리2동 1099-2번지 시내를 동서로 관통하는 대로변 모퉁이에 앉아 약을 팔며 밥벌이하고 있다. 하루 종일 문틈으로 쏟아져들어오는 질주하는 차량들의 소음을 가끔씩 백양나무숲을 스치는 바람 소리로 바꾸어 듣는 행운(?)을 누리기도 한다. 셔터 문을 내리고 숱한 소리들도 잠그고 집에 돌아와 밤참 같은 저녁밥을 먹고 나면 갑자기 찾아온 정적 속에 환청처럼 들리는 봇물 소리. 종일토록 시달린 내 귀가 진실로 내뱉는 소리를 껴안고 꿈을 청한다. 귀를 달래며 빈 나룻배처럼 흘러가버린 옛집을 찾아가는 길, 어디에도 없고 어디에도 있다는 푸른 집을 찾아 장님처럼 두드리는 지팡이 소리를 문자로 옮기는 나는 행복한 나르시시스트이다.

나는 아직도 가출을 꿈꾸고 있다.

따뜻하던 고향은 구렁이처럼 나를 칭칭 감은 채 좀처럼 놓아주지 않았다. 데미안에서처럼 새가 알을 깨고 나온 건 헤세를 잊어버리고 난 뒤였다. 학업을 내팽개친 그 다음해 머슴처럼 논을 갈고 능금밭에 약을 치며 농사꾼 흉내를 낼 쯤, 논밭에 시퍼렇게 자라는 잡초를 뽑다

말고 문득 이글거리는 햇빛과 정면으로 맞부딪쳤다. 알 수 없는 분노와 수치심으로 쇠스랑을 팽개치고 밭둑에 드러누워버렸다. 굵은 화살 같은 빗줄기가 토방 문풍지에 쏟아지던 밤, 하늘이 무너지는 천둥소리에 이어지는 번갯불 틈으로 전생인 듯한 내 환영을 보아버렸다. 밤배를 훔쳐 타고 강을 건넜다. 친정길 재촉하시던 어머니가 한숨 쉬며 집을 바라보던, 지금도 눈에 선한 고향친구가 달리는 기차에 몸을 던졌다던, 건널목에서 잠시 머뭇거리다 동해바다로 떠나는 기차에 비린내 나는 몸을 실었다. 풍경 소리만 반겨주는 어느 산사를 기웃거리다가 사흘 만에 쫓겨났다. 부둣가를 기웃거리다가 이레 만에 도망쳤다. 공사장으로 술집으로 전전하던 나는 만신창이가 되어 어쩔 수 없이 집으로 돌아왔다. 언젠간 아주 떠나리라 속다짐을 했다.

상빈을 자꾸만 감추어보는 지금, 방황의 한때가 그리워질 때마다 홀로 선술집에 앉아 술잔을 기울인다. 잔 속에 떠오르는 섬을 보며 섬보다 더 적막한 몸을 기울여 어디론가 떠나곤 한다. 굳이 떠나지 않아도 먼 데 떠도는 이 몸 굳이 돌아가지 않아도 돌아와 있는 저 몸, 꾸중할 마음도 용서할 마음도 한 마음이라며 마실수록 또렷한 그리움이 내 뺨을 또 후려친다.

나는 지금도 사랑을 꿈꾸고 있다.

다시 겨울이 오고 봄이 와 복학을 하였다. 어색한 대학 생활이 조금씩 뻔뻔해질 무렵 덜컥 아버지가 원인 모를 병에 걸렸다. 생사를 가늠할 수 없었다. 나뭇가지엔 홍옥이 익어가고 토방 문턱엔 귀뚜라미처럼 무릎을 세우고 내가 울던 밤 문득 누군가 나를 부르고 있는 듯한 예감에 사로잡혀 나도 모르게 방문을 박차고 뜨락을 밟아 나아갔다. 삽짝께로 나 있는 깜깜한 길을 따라가는 내 몸. 귀신에 홀린 듯하였다. 능금나무 잎사귀 아래 아직도 채 제대로 열리지 않은 나의 동공 속으로 빨려든 것은 웃고 있는 얼굴이었다. 아니, 홍옥보다 더 붉은 뺨이었다. 희붐한 강변을 나란히 거닐던 그때를 짚어가보면 아무것도 떠올릴 수 없지만 꿈을 깨인 새벽녘 문풍지 틈으로 쏟아져들어오던 강물 소리는 지금도 생생히 들리는 듯하다. 그날 이후 생사를 다투었던 아버지의 병환은 씻은 듯이 나았다.

제망매가를 온몸으로 불러야 했던 청춘도 훌쩍 지나가고 아버지 가신 지도 십 년이 넘었다. '꽃분홍 치매'를 입으신 어머니는 가실 때까지 편안하실 거다. 사무치게

떠나고 싶을 때마다 아픈 기억에 몸서리칠 적마다 도지
곤 하던 열꽃은 내 시의 나무에 홍옥이 되어 익어가고
있지만, 감히 외롭고 높고 쓸쓸한 경지를 꿈꾸는 나의
발뿌리는 오늘도 돌쩌귀에 차인다.

수평선에 입맞추다

ⓒ 이동백 2004

초 판 인 쇄	2004년 8월 5일
초 판 발 행	2004년 8월 16일

지 은 이	이동백
펴 낸 이	강병선
책 임 편 집	차창룡 조연주 김송은
펴 낸 곳	(주)문학동네
출 판 등 록	1993년 10월 22일 제406-2003-045호

주 소	413-756 경기도 파주시 교하읍 문발리 파주출판도시 513-8
전 자 우 편	editor@munhak.com
전 화 번 호	031) 955-8888
팩 스	031) 955-8855

ISBN   89-8281-835-9 02810

www.munhak.com

문학동네 시집